KB142967

안 동 소 주

안상학

복간본에 부쳐
-시인의 말

스무 해 전에 묶은 시집 『안동소주』(실천문학사. 1999).
'안동소주'는 오랫동안 내 이름자 앞에 별호처럼 따라다녔다.
절판된 지 꽤 되었지만 요즘도 가끔 듣는다. 반갑다.
책을 뒤지다가 오래된 편지를 발견한 기분이랄까.

스무 해 만에 다시 묶는다.
안동소주는 오래 묵힐수록 깊은 맛이 난다.
좋은 시들도 마찬가지다.
그러나 이 시편들은 아직 날것 그대로다.
버리지 못하고 다시 묶는 뜻은
지금 쓰는 내 시들이 지나온 경로이기 때문이다.
지울 수 없는 길이기에 다시 드러낸다. 부끄럽다.
그땐 몰랐지만 지금이라도 깨달았으니 다행이다.

2019년 5월 어느 날
안상학

초판본
-시인의 말

가슴속에 넣어두고 키울 수 있는 것이 있다면 오직 하나 별이
었으면 좋겠네. (…) 한 천년 거리에서 살다가 지금은 다 부서지
고 흩어져서 오직 빛으로만 남은 별이었으면 더 좋겠네. 한 천
년 내 가슴속에 눈물처럼 머금고 살다 어느 한순간 자취도 없
이 사라지는 그런 별, 별 하나만 가슴속에 있었으면 좋겠네.
-「별」 중에서.

산술적인 의미가 무에 그리 대단할까만, 낡은 한 천년의 끄트
머리에서 시집 한 권을 묶는다. 모두가 빚이고, 모두가 짐이다.
시에게도 미안하다. 공소시효가 지나버린 것들을 뺀다고 뺐지
만 군데군데 남아 있다. 너무 늦게 시집을 내어서 그렇겠지만,
내 시가 너무나 즉자적인 반응의 산물이기 때문이리라. 다시
말해서 내 시가 너무 빨리 낡아지는 것은 아무래도 현실적이라
는 혐의가 짙기 때문일 것이다. 그렇다고 여기에서 발을 뺄 생
각은 없다. 오히려 더 뿌리를 깊게 내리면서 꿈을 더 멀리 가질
생각이다. 오래오래 생명을 유지하는 시가 그립다.
고맙다. 시집을 내는 데 이지가지로 이바지해준 분들이 많다.
진심으로 감사하다.

안동에서
안상학

차례

1부 석포리에서 한 사나흘

2부 모랫골 이야기

4부 선어대 나루에서 봄을 기다리며

발문

1부

석포리에서 한 사나흘

배롱나무

겨우내 옷을 벗고 견디는 나무가 있다.
건드리면 툭툭 삭정이처럼 내려앉을 것 같은 나무
추울수록 맨몸이 도드라져 보이는 배롱나무

한겨울 맨몸으로 견딜수록
뜨거운 여름내 휘늘어지지 않고 오히려
꼿꼿하게 꽃으로 붉게 붉게 사는 나무가 있다.

옮겨심기에 대한 우화

나의 대지는 사라진 지 오래
그동안 나는 한 그루 나무로
불모의 대지에 옮겨 서 있었다.
우람한 팔뚝에 단내 나는 꽃과 열매를 달고도
한 번도 벌 나비를 만나지 못했다.
나는 항상 눈으로 덮여 있었기 때문이다.

한때 나는 잃어버린 대지를
그리워한 적이 있었다.
불모의 땅에 홀로 우뚝한 외로움과
뜨거운 태양에도 찬란하기만 한 만년설의 절망이
회귀의 날을 꿈꾸게 한 적이 있었다.
그러나 아무도 나를 그리워하지 않았다.
누구도 나를 기다리지 않았다.

그 많은 봄날도
내 머리의 눈을 녹여주지 않았다.
그 많은 바람도 눈을 털어주지 않았다.

꽃과 열매로는
벌 나비를 부르지 못하는 것을
봄이 그냥 지날 때 알았다. 바람이
나를 흔들 수 없는 것을 보고 알았다.

천형처럼 나를 짓누르는 눈의 무게여
이젠 내가 변해야 한다는 것을 깨달았다.
눈이여, 이젠 알게 되리라
외로움과 절망의 또 다른 이름이 얼마나 뜨거운지를
그리움과 기다림의 또 다른 손짓이 얼마나 거센지를

머지않아 너는
나의 몸에 흐르는 수액이 되리라
나의 꽃에 흐르는 눈물 같은 꿀이 되리라
내가 바라는 것은 오직
오지 않는 벌 나비를 만나는 것이다.
이곳을 영원히 떠나지 않는 것이다.
여기는 내 땅이다. 내 흙이다.

우리가 걸었던 밤길에는 희망이 적이었다

지난날 우리가 걸었던 그 밤길을
이 여름 뜨거운 햇살 아래 다시 걷는다.
밤고양이처럼 음울한 울음으로 나누었던 사랑
붉은 피의 흔적이 거뭇거뭇 남아 있는
무너진 잡풀더미 점액질의 싸움터
지금은 어둠이 사라진 그 처참했던 길을 다시 걷
는다.

그때 우리는 어둠의 살진 이빨과
날카로운 손톱에서 자유로울 수 없었다.
오직 한 줄기 빛 그 바늘구멍을 향해
우리가 어깨 겯고 나아간 곳은, 그러나
어둠 속에서 빛나던 적들의 안광이었다.

지금은 적들의 안광 속
어둠보다 더 어두운 백야의 길
우리는 너무 늦게 깨달았다 어둠보다 더
우리들의 발목을 채는 휘황한 거리

실낱같은 어둠에서 희망을 찾는 쓰디쓴 반전의 세월
사랑이여 우리 다시 어둠을 어둠이라 말하자
그리고 이 수많은 안광에게서 희망을 거두어들이자
우리가 진실로 싸워야 할 것은 어둠이 아니라
희망의 허울을 쓴 한 줄기 빛
그것은 적들의 안광이었음을 알아야 할 때
가자, 그 한 줌도 안 되는 빛을 향해, 쏜살처럼 가서
다시는 돌아오지 말자, 우리가 걸었던 그 밤길
다시 돌아와 사랑을 이야기하지 말자
쏜살처럼 박혀 온몸을 부르르 떨더라도
연이은 화살에 두 쪽이 나더라도
이제는 빛이 적이다. 희망이 적이다.

그리운 모닥불

우리는 한때 모닥불이었다.
하나둘씩 모여 불씨를 키우고
한 무리 한 떼 모여 불꽃으로 피어
하나 되어 어깨를 걷고 세상을 따뜻하게 불러 모았다.

우리는 한때 모닥불이었다.
하나가 연기로 사라지면
둘이 불꽃 속에 뛰어들었고
둘이 한 줌의 재로 사라지면
열이 불쏘시개로 불꽃을 키웠다.

세월이 흐르고
희끗희끗 눈발이 닥치자
하나둘씩 모닥불에서 걸어나갔다.
숯이 되다 만 검은 얼굴로
물을 끼얹은 듯 물기 어린 눈빛으로
산산이 부서져 세상 밖으로 걸어갔다.

모여서는 무쇠도 불꽃이 되던 모닥불

세상을 따뜻하게 불러 모으던 그리운 모닥불
불이 되지 못한 연기만 피어올라
이젠 날벌레 한 마리 얼씬하지 않는다.

모닥불
그리운 모닥불
그 많은 불씨들 뿔뿔이 흩어져
어느 눈밭 속을 걸어가고 있을까
다시 모닥불이 되는 따뜻한 꿈을 꾸고 있을까

이불을 널며

우리들의 삶이
이불 한 장만 한 햇살도 들이지 못한다는 것을
햇살에 말린 이불을 덮으면서 알았다.
이내 눅눅해지는 우리들의 삶

더러 심장도 꺼내 햇살에 말리고 싶은 날이 있다.
심장만 한 햇살 가슴에 들이고
나날을 다림질하며 살고 싶은 날이 있다.

반변천

어젯밤 걸었던 그 길을
오늘 아침 다시 걸으며 나는 보았다.
우리가 어둠 속에서 쓰러지고
더듬고 기어가며 몸부림치던 그 밤에도
저렇게 맑은 강물이 우리 옆에서 흘렀고
꽃들은 또 저렇게 피어 있었다는 것을
나는 보았다, 우리가 어젯밤 길을 잃고 헤맬 때
가시덤불 미궁 속에서 헛낫질할 때도
산짐승들의 따뜻한 흔적이 남아 있는 좁은 길과
제법 환하게 난 사람의 길이 우리 옆에 있었다는 것을

나는 알았다, 어젯밤 우리가 걸었던 그 길을
오늘 아침 홀로 걸으며 비로소 알았다
강 건너에는 미루나무가 바람을 안고 있는 것과
강은 그 풍경을 품에 안은 채 흐르고 있었다는 것을
상처 하나 없이 제 갈 길을
밤이나 낮이나 변함없이
확실한 목적지로 난 뚜렷한,

더 이상 젖지 않는 세상의 길을
흘러가고 있었다는 것을,
흐르고 있는 것을 나는 보았다

어떤 이별

지역신문 기자가 된 그는 아직 혼자 산다.
결혼식장에 있어야 할 때 민자당사를 점거했고
신혼여행에 가 있어야 할 때 감옥에 있었다.
신부가 청첩장을 만들 때 그는 성명서를 작성했고
신부가 웨딩드레스를 꿈꿀 때 그는 수의를 생각했다.
신부가 미리 가진 아이의 얼굴을 생각할 때 그는
새 세상의 신새벽에 동터올 해를 먼저 생각했다.
주례 앞에 있어야 할 때 판사 앞에 선 그를
신부는 뒷모습만 바라보다가 떠났다.
그 후로 그들은 한 번도 만난 적이 없다.
신부는 아들을 혼자서 낳아 길렀고 그는
아이를 한 번도 안아보지 못하고 먼발치서 바라보기
만 했다.
신부는 하 많은 공직 중에 하필 교정직으로 합격하여
교도소에서 근무하며 이리저리 옮겨 다녔고
그는 교도소에서 나와 뒤늦게 대학을 졸업하고
지역신문 기자가 되었다. 얼마 전,
술에 취해 밤늦게 나를 찾아온 그는, 그녀를

아들 취학 문제로 만났다는 이야기를 했다.

단순히 호적 정리 때문에 만났다고 했다. 한 달에 한 번

아들놈 만나게 해주면 도장 찍겠다고 해도

그녀는 오로지 도장만 요구하더라며 꺽꺽댔다. 그래,

그깟 도장 찍어주지 그랬어, 가슴에 남아 있는

상처의 화인火印 수두룩한데 아무거나 뽑아

꾹꾹 눌러주지 그랬어, 나도 같이 술에 취해 꺽꺽댔다.

한 시대를 사랑한 남자와 그런 남자를 사랑한 여자

그들은 아직도 뿔뿔이 살아가고 있다. 한 남자는

여자와 아이와 시대의 희망을 잃었고, 한 여자는

그런 한 남자를 잃었다. 그들은, 그래, 지금은 혼자서

산다.

결단

사표를 내려고 마음먹은 것은 순전히 저 강 탓이다.
어렸을 때나 지금이나 변함없이 흐르는 저 강
아주 오래전부터 지금까지
밤이나 낮이나 여름이나 겨울이나
나를 불러 벌거벗은 채 뛰놀게 하고 은어 낚시에다
연애질까지 하게 하고 술 취하게 하더니
오늘은 나를 불러 또 사표를 쓰라 한다.
나처럼 살라고 나처럼만 살아라고 중얼거리며
저 혼자서 흘러갈 때는 언제고
저처럼 살겠다고 저처럼만 살겠다고 몸부림치는 나
에게
아내도 아닌 것이 딸내미도 아닌 것이
이제 와서 나를 불러 사표를 쓰라 한다.
명리를 좇는 인간들은 한 방울의 이슬
협잡과 사기, 음모와 배반은 너에게 안 어울려
나처럼만 살아라 나처럼만 살아라
오늘도 너는 변함없이 그 길을 흘러가는구나

청송에서 하룻밤

내 사는 안동에서 백여 리 길
밤에도 물이 쉬 내려오는 골짜기
자동차 불빛을 앞세우고도 어렵게 올랐다.
무덤실 외딴곳에 자리를 튼 대구댁네
연극계도 대기업도 싹쓸이 정리하고
어린 딸들에게 농사와 자연을 가르치며
노루 가족처럼 살아가는 집
쑥국으로 시장기 때우고 술 한잔
낮에 손등 찍힌 지아비 물만 마시다
사과밭에 약칠 걱정 늘어놓고 잠든 밤
깊을수록 귓가에 물소리 또렷하다.
경북 벽지 청송에서도 오지마을 무덤실
다 쓰러져 가던 집 일으켜 사는 대구댁네
군불 지핀 방에서 하룻밤 잠을 부르면
멀리 산짐승들 잠자리 매만지는 소리
덩달아 잠 못 이루는 마른 잎 치는 소리
흐르는 물이 담아 가는 소리 들린다. 저 물이
흘러 안동을 지나던가. 내일 안동 가면 알아나 보련.

석포리에서 한 사나흘

노루재 넘어 넛재 넘어 석포리에 갔었네
산 첩첩 물 중중 경북 북부 오지마을
처마에 바닷고기 말리는 그곳에 갔었네
삼백 리 안동으로 유학 나온 어린 소녀를 찾아
눈 쌓인 그 길을 체인도 스노타이어도 없이
엉금엉금 기어서 슬금슬금 게걸음으로 갔었네
잡지에 유학생들의 생활을 싣는답시고
캐논 자동카메라 둘러메고 달랑 수첩 하나,
트렁크엔 안동 간고등어 한 손 따라갔었네
달포 전 내린 눈 채 녹지 않은 그곳
구들장에 엉덩이 붙이자마자 눈이 내렸네
어머니 같은 오전댁 이야기 실마리 풀리기도 전에
누이 같은 은화 양 유학살이 듣기도 전에
눈 쌓인 삼백 리 돌아갈 길 아마득하여
엉덩이나 들썩이다 일어서고 말았네
오랜만에 눅진하게 자리하고 앉아 내남없는 살림살이
빤히 들여다보며 따뜻한 저녁 거들고 싶었느니
눈이 내려 폭설이 내려 돌아오고 말았네

생각 같아서는 한 사나흘 눈 속에 갇혀
세상 인심 다 잊고 뒹굴고 싶었는데
노루처럼 겨울산 오르내리며
헉헉대고 싶었는데
사람 그리운 오전댁 그럼 그러라던 손 뿌리치고
폭설을 뚫고 돌아오고 말았네 석포리
내 고향이 있었으면 아마 그곳 같았으리
눈 내리던, 아궁이에 장작 타는 소리 나던,
밥솥 안에 된장국 익던, 노루 울음 산을 내려오던

목침

－전우익 선생님께

목침 하나 갖고 싶습니다.
결 곧은 소광리 적송보다는
선생님 집 뒷산에서 아무렇게나 자란
결이 뒤틀리고 옹이가 많은
그런 소나무로 만든 목침 하나 갖고 싶습니다.
가까스로 목숨만 연명한 듯한
나이테가 유난히도 촘촘한 소나무
산그늘에서 자라 남이든 북이든
나이테로는 알 수 없는 그런 소나무로 만든
야물딱진 목침 하나 갖고 싶습니다.
올해라도 그 소나무 콱 죽어
선생님 톱날 먹고 대패에 밀려
더는 나이 먹지 않았으면 싶습니다.
곁에 두고 머릿기름으로 빛깔을 내고
두고두고 그 나이테 손때 묻히며
간직하고 싶습니다. 뒤틀린 옹이박이지만
아무렇게나 햇살을 그리워하지 않은
나이테가 아주 동그랗고 촘촘한 목침 하나

27

갖고 싶습니다. 선생님
지금 톱날을 쓸고 계시는지요
대패에 묵은 밥을 털고 계시는지요

검정 고무신

—권정생 선생님께

살아가기 막막한 날이면
선생님 집 섬돌을 생각합니다.
죽고 싶은 날이면
섬돌 위에 놓인 검정 고무신을 생각합니다.
질긴 인생을 함께 걸어온
그 고무신 한 켤레를 생각합니다.
그래도 앞이 캄캄한 날이면
섬돌 옆 털이 북실한 두데기를 생각합니다.
눈 오는 날 밤새도록 고무신을 품고 있는
그 강아지의 마음을 생각합니다. 문득
살아야겠다는 마음이 듭니다. 그런 날이면
그 고무신을 훔치고 싶습니다. 도둑고양이처럼
밤늦게 조탑동 외딴집으로 스며들고 싶습니다. 눈 내려
도둑고양이 같은 내 발자국 묻힌 길을
고무신 발자국 남기며 돌아오고 싶습니다.

지리산

눈보라에 갇힌 지리산 바라보다
實相寺에 발자국만 남기고 돌아오는 길
폭설에 쓰러진 소나무 한 그루의 實相을 보았다.

늘 푸른 소나무처럼
그렇게 산다고 큰소리치던 사람이 있었지
폭설 속에서도 아랑곳없이 오히려
눈꽃을 피우며 산다는 사람이 있었지
그 모습 그대로 겨울을 이기고 마침내
봄이 오면 푸르른 강산에
홀로 우뚝하리라던 사람이 있었지

어느 폭설 내리던 겨울밤
그 사람 결국
눈 무게를 이기지 못하고
그 정정하던 가지 부러져 갔느니
그 쩡쩡하던 둥치 쓰러져 갔느니
늘 푸를 수는 있어도

늘 우뚝하지는 못한 사람
그렇게 한 시대의 假相으로 묻히어 갔느니

돌아보면 지리산
아무도 내려오지 않는 저기 저 산
쓰러지지 않는 저 소나무들
내려오지 않는 저 소나무들
눈꽃을 피우며 폭설 속에 묻히어 가느니, 다만
눈보라만이 세상 요철을 다 메우려는 듯
새 떼처럼 우우 산을 내려오누나
실상사에 두고 온 내 발자국, 이젠
자취도 없이 사라졌으리, 지리산
실상사 다녀오는 길에 본, 유독
잊히지 않는 쓰러진 소나무의 實相.

어느 기념사진

1980년 5월
나는 광주에 있었다.

내가 본 것이라곤
광주박물관, 그 앞에서 찍은
사진 한 장, 까까머리에 까만 교복을 입은
한 떼의 벗들과 찍은
수학여행 기념사진 한 장뿐

1980년 5월
광주에서 나는
아무 일 없이 빠져나왔다.

그리고 일주일 뒤의 광주를
세월이 흐른 뒤에야 알았다.

그래서
내가 광주에 대해서 시를 쓰면
새빨간 거짓말!

기념비

안동 시청 앞 분수대에 기념비 하나 있지
유신 때 세운 유네스코 국토순례기념비
그 이마에 또 하나의 비문이 있지
어느 여름의 끝 군중 속의 누군가
검은 스프레이로 쓴

독 재 타 도

문민의 거리에서도 지워지지 않고
당당하게 머리띠를 두른 기념비 하나 있지

그러던 어느 날
누군가가 그 비문을 지웠지
이마가 반들반들한 기념비
이제는 희미한 옛사랑의 그림자를 떠올리며 서 있지

가리봉역

창가에 서서 젖은 나를 바라본다
비는 내리고 멀리 아파트 불빛
누군가 편지를 쓰는지 젖은 별 하나로 떠 있다
세상에 한 줄기로 흐르는 강이 있을까
한 사람만을 그리워하는 애틋함이 있을까
그리 오래 가지 않는 내 사랑
먼길 떠나는 사람에게
짜장면 한 그릇 사주지 못했다
그리움과 기다림만으로 사랑을 지킬 수 있을까
기차가 오고 가고 사람들은
젖은 어깨를 훔치며 들어오고 또 한 떼의 사람들은
우산 펴들고 젖은 거리로 나선다
80년대, 90년대, 아니면 21세기
낮은 곳으로 흐르는 한 인간의 사랑이
한 시대의 사랑으로 흐르기에는 멀기만 한 것일까
젖은 편지를 쓰던 공장의 불빛
하나둘씩 어둠 속으로 묻히고
세상은 여전히 아침을 기다리는 꿈을 꾸고 있다

그 위로 비는 내리고

역사에 서서 나는

젖은 나의 두 모습을 바라본다

우산을 펴고 거리로 나서는 나와

우산을 접고 기차에 몸을 싣는 또 하나의 나

내일은 어느 곳에서 어느 내가 아침해를 맞이할 것
인가

멀리 기차가 불빛을 앞세우고 더듬더듬

길을 찾으며 오고 있는 게 보이는데 나는,

2부

모랫골 이야기

고향살이

갈 수 없는 곳으로 바람은 불어간다

나는 늘 어디로 떠날 궁리를 했다 나는
그 어딘가에 살 때마다 늘 고향을 그리워했다

머물고 싶어 하는 바람은 어디에도 없었다
오늘도 내가 갈 수 없는 곳으로 불어가는 바람
저 구름이 땅에서 쉬려면 비가 되어야 하듯
내가 한곳에 머무르기 위해서는
아무래도 갈대가 되어야 할 거 같다
바람이 불어가고 나는 흔들린다

보리밭

꽃이 피기도 전에 봄이 왔는가 보다
너무 일찍 잠 깬 호랑나비 한 마리
청보리밭에 잠시 앉았다 날아간다
고생만 하고 간 엄마 생각이 난다

감나무 그늘 아래

글테요, 우리 아부지 사는 집에서요
다정하게 모여 사는 것은요
살구나무 앵두나무 산수유뿐이지요
묵은 감나무 그늘 아래 모여
서로 다른 꽃 피우고
서로 다른 열매 달며 살지만요
너무 가까워서 뿌리는 한 몸이래요.

봄날 하루 아부지 뵈러 갔다가요
검버섯 핀 아부지 차마 못 보고
멍하니 그들만 바라보다 돌아왔지요
글테요, 몇 해를 열매도 없이
꽃만 다는 살구꽃은 형만 같고요
마른 가지에 겨우 눈 틔운 노란 산수유꽃은
부도난 지아비 아이 보듬고 사는 누이 같고요
빠알갛게 물이 올라 때를 기다리는 앵두나무는
시집도 안 가고 언니 도와 사는 막냇누이 같데요
묵은 감나무 그늘 아래 그 나무들은
그렇게 그렇게 모여 살데요

모랫골 이야기

모래가 없는 그곳 이름은 모랫골
어머니는 신병교육장 후문에서 라면을 팔았고
아버지는 닭 잡아 읍내 갖다 팔았다.

태백에서 광부 노릇을 하던 외삼촌
노름으로 진 빚에 쫓겨 식솔 뒤에 꿰고
지게에 양은솥 하나 걸고 야반도주 왔던 밤

제비원소주에 취해 꺽꺽대는 외삼촌 곁에서
아버지는 아리랑담배만 뻑뻑 빨았고
어머니는 조카들 가슴만 달캉달캉 두드렸다.

우리들은 부엌방에서 잠을 자다 연탄가스에 취해
비틀거리며 걸어 나간 형은 개울가에 코를 박고
누나는 외삼촌이 떠먹여 준 김칫국물을 자꾸만 게
위냈다.
나이 어린 나는 천장이 빙빙 돌아가는 통에
고꾸라졌다 자빠졌다 하였다.

새어머니 환갑날 한자리에 모여 그때 이야기하다가
지금껏 홍역인 줄로만 알았던 그 기억이 잘못된 걸
포항으로 시집가 멀대만 한 아이를 둔 큰누이가 고
쳐주었다.

삐꼬지*

― 모랫골 이야기 · 2

집 앞으로 계급장 없는 군인들이 자주 지나갔다.
마을 뒷산 삐꼬지에 올라갈 때는 새옷이다가
내려올 때는 흙 범벅이 되어 있었다. 계급장을 단
월남에서 돌아온 김 병장은 자주 담배를 사 갔다.
그는 더러 철모로 계급 없는 군인들을 때렸다.
　그를 졸졸 따라다닌 나는 전쟁놀이할 때면 병장을
달고
　별 두 개를 좋아한 경동이 동생을 쥐어박기도 하
였다.

대보름이면 깡통불을 돌리며 삐꼬지에 올랐다.
불꽃을 가장 많이 내는 형은
가장 높이 던져 올리기로도 유명했다.
아버지에게 매를 맞다 삐꼬지로 도망쳐
밤을 새고 들어온 적이 있는 형이 달님에게 빌어서
그렇다고 생각했다. 나도 달님에게 빌었지만
한 번도 형을 따라잡은 적이 없었다.

삐꼬지에 할미꽃 필 무렵

얼룩무늬 옷을 입고 찾아온 김 병장은
어머니에게 비망록을 내밀었다. 어머니는 몇 자 적고
왈순아지매 라면을 두 봉이나 끓여주었다. 그 뒤
김 병장을 다시 볼 수 없었다. 그때 훔쳐본
비망록에 이상하게 생긴 여자 그림을 따라 그리다
어머니에게 들켜 삐꼬지로 도망치기도 하였다.

* 각개전투훈련장, 'B고지'.

유리 조각

—모랫골 이야기·3

내 어렸을 적 그 고샅길
누이와 그 계집애 나랑 함께 소꿉놀이했지
기껏해야 살림살이라곤
사금파리 몇 조각과 일그러진 병마개
사이다병 깨진 유리 조각이 전부였지
고운 흙 사금파리에 담으면 밥이 되었고
개머루 따다 병마개에 담으면 콩자반이 되었지

밥상을 물리고 나면
유리 조각으로 영화놀이를 했지
텔레비전이라곤 동네에 한 대밖에 없었고
영화라고는 오 리 밖 초등학교 운동장에서 한 번쯤
본
그 시절에 유리 조각은 훌륭한 화면이었지
조그마한 구덩일 파고
자운영꽃 여뀌풀꽃 낡은 신문에서 오려낸
알 수 없는 얼굴들을 번갈아 넣고는
투명하고 푸르스름한 유리 조각을 덮으면
누이와 그 계집애는 박수를 치며 좋아했지

소꿉 이사를 할 때마다
사금파리 병마개는 자주 바뀌어도
그 잘생긴 유리 조각은 늘 따라다녔지

사격장

—모랫골 이야기 · 4

여름밤 들마루에 누워 별을 헤었다.
월남치마 어머니 무릎베개에 깜빡 잠들다
멀리 사격장 총소리에 깨어보면
벌겋게 단 총알이 하늘로 올라가다 사라졌다.

가끔씩 총알이 솟는 그곳은
낮이면 호미 들고 총알 납을 캐러 가는 곳
마당 깊은 집 아저씨는 우리들이 캐온 총알 납을 녹여
커다란 납덩이를 만들어 읍내 내다 팔았다.
그런 날이면 우리는
월남방망이사탕이나 눈깔사탕을 먹을 수 있었다.

어머니 무릎베개에 누워 산 너머 매화골로 사라지는
유난히도 벌건 총알을 보며 내일은
그곳으로 갈까 하다가도 사격장 근처
커다란 뽕나무에 달린 엄지손가락만 한 오디 생각에
마음을 고쳐먹기도 하였다.

감자밭
—모랫골 이야기·5

보리를 베고 나면 더러 감자를 심는 밭이 있었다.
우북하니 감자 싹이 자라 이랑을 덮으면 이내
하얀 꽃 보라 꽃 피고 크고 작은 꽈리도 덩달아 달렸
다.
나 혼자만 마을에서 꽈리를 볼 줄 몰랐다.

감자를 캐고 나면 한동안은 우리들의 놀이터였다.
못다 캔 감자를 뒤지는 일도 이내 시들해지면
땅이 굳어져라 자치기나 지렁이놀이를 하며 놀았다.

어쩌다 저녁이면 어머니는 감자를 쪄내었다. 나는
타박한 감자를 좋아했지만 누이는
먹감자만 골라먹고 밤새도록 배앓이를 했다.

감자를 캐고 나면 더러 배추를 심는 밭도 있었다.
어느 해던가 배추가 밭에서 얼어 죽도록 거두지 않아
밤마다 몽달귀신 계란귀신이 감자밭에 뛰노는 꿈을
꾸었다.

겨울 다 가도록 그 밭에서는 놀지 못하고
무논에서 썰매를 타거나 돼지 오줌보를 차며 놀았다.
벼 그루터기에 걸려 넘어져 정형이는 이마를 찢었고
나는 얼음에 빠져 메기를 잡고 양말을 말리다
그렇게 질긴 나일론 양말을 쉬 구워 먹기도 하였다.
더러 씨감자를 내어와 씨동무들과 구워 먹으며
서로 마주보고 배를 잡고 웃기도 하였다.

돼지아비
─모랫골 이야기·6

헌금이 할배 상여 넘어가던 고개 너머 저분골
큰 연못가에는 돼지를 치는 집이 있었다.
배가 유난히도 부른 그 집 아저씨는
자주 집채만 한 돼지를 몰고
이 마을 저 마을로 접붙이러 다녔다. 윗저고리
품이 모자라서 늘 열어놓았고, 한쪽 가랑이는
늘 정강이까지 말아 올리고 다녔다.
쇤 머리 짧게 깎아 얼굴은 더 커 보였고
목살이 넘쳐 옷깃을 가렸다. 붉은 얼굴
어기적거리며 지날 때면 나는
돼지가 서서 걸어가면 저럴까 생각하였다. 뒈뒈
버드나무 가지를 후려치며 자주
털빛이 하얀 돼지를 몰고 다녔지만
더러 불그죽죽한 놈과 검고 어깨띠가 흰 놈을
번갈아가며 몰고 다니기도 하였다. 하나같이 집채
만 하였다.
　우리는 그 아저씨를 돼지아바이라 불렀다.
　돼지아비 돼지아바이 따라다니며 놀려댔다.

돼지 콧김이 통통 방앗간 굴뚝마냥 푹푹대던
어느 초겨울 날 고개 넘어간 돼지아바이
다시는 볼 수 없었다. 우리는 뒤란 굴뚝 불을 쬐며
돼지 털색을 맞추는 내기를 하며 기다리기도 했지만
다시는 돼지아비를 볼 수 없었다. 들리는 소문에
돼지아바이 돼지에 받혀 누웠다는 둥
낚싯대를 자주 끌고 들어간다는
집 앞 연못에 빠져 죽었다는 둥
이런저런 이야기를 하다 어느새
까무룩 잊어버렸다. 그해 겨울 우리들은
돼지 오줌보를 두 개씩이나 차며 놀았다.

씨동무 박일환
—모랫골 이야기·7

마을 첫머리 집에는 일환이가 살았다.
서울에서 내려온 동갑내기 내 동무
이듬해 우리는 나란히 초등학생이 되었다. 모두들
가슴에 손수건을 단 우리를 깔학년이라고 불렀다.
동무 동무 씨동무 보리가 나도록 씨동무를 부르며
고샅과 학교 길을 무던히도 밟고 다녔다.

여름이면 냇물로 나가 물놀이를 했다.
소꿉 밥을 짓는 마당 깊은 집 계집애가 보거나 말
거나
엉덩이를 까놓고 물장구치며 놀았다.
오디를 먹었는지 입술이 파래지도록 뛰놀다
그 계집애가 지은 흙밥을 털어넣고 냇물을 마셨다.
그래서 그런지 중학교에 다닐 때 만성 충수염을
앓았다.

밤이면 더러 형을 따라 일환이네 집으로 갔다.
갓 중학생이 된 형은 고등학생인 일환이 형에게

밤늦도록 영어를 배웠고 우리들은
방바닥에 배를 깔고 숙제를 하며 졸기도 했다.
어쩌다 잠이 깊이 든 날이면 형에게 업혀 온 듯
눈을 뜨면 집인 적도 있었다. 그런 날은 숙제를 하
지 못해
학교에서 손바닥을 맞기도 했다.

이승복을 알면서 동무 동무 씨동무 노래도 뜸해
질 무렵
일환이는 다시 서울로 갔다. 그 뒤
나는 처음으로 일등을 하기도 했지만, 이내
일환이의 얼굴을 잊어버린 듯하다. 그리고 얼마 되
지 않아
우리 가족도 그 마을을 떠나 읍내로 이사를 났다.

장마

—모랫골 이야기 · 8

장마가 지면 읍내 나간 아버지는 돌아오지 않았다.
물이 불어 돌아오지 못하는 줄 여겼지만
어머니는 밤새 못 마시는 술을 마시며 가슴만 쳤다.

냇물이 불어 산으로 돌아가는 학교 길은 멀기만 하였다.
토끼들이 다니는 좁은 길을 따라 비척이며 가는 길
아무리 조심해도 바짓가랑이는 풀잎보다 더 젖었다.
뱀이 산다는 뱀굴 앞에는 줄딸기가 유난스러웠지만
누구랄 것 없이 달음박질로 지나가곤 하였다.

운 좋게 하루 종일 해가 나는 날이면
이내 물이 삐는 냇물을 건너 집으로 돌아갈 수 있었다.
어느 날은 냇가에 마을 사람들이 웅성거리며 서 있었다.
어머니는 냇물에 주저앉아 물바닥을 치며 울었고
아버지는 사람들에게 덜미 잡힌 채 고래고래 고함만 쳤다.
그런 날은 산길로 돌며 하루해를 보냈다.
하늘말나리 비비추 술패랭이 못살게 굴다가
눈에 불을 단 짐승들이 내려온다는 그 길을 걸어

누이동생 우는 소리만 사는 것 같은 집으로 돌아왔다.

그런 날은 큰누이가 해주는 밥을 먹고
누이 곁에서 멀뚱거리다가 잠이 들었다. 어머니는
안방 아랫목에 이불을 뒤집어쓰고 앓는 소리를 내고
아버지는 벽에 등을 붙이고 까슬까슬한 수염만 쓰다
듬으며
애꿎은 담배질로 꼬박 밤을 지새웠을 것이다.

납뜰 고모

시집갈 때 보자기 하나 달랑 안고
가구서 납뜰까지 걸어서 갔더란다. 오십 리 길
열여덟 새색시 설움 반 설렘 반
가마도 없이 연지 곤지 족두리도 없이
두 살 아래 조카 하나 길잡이 세워
그 춥던 동짓날 다리도 없는 반변천
맨발로 물 건너 시집살이 갔더란다.
물 건너다 얼어붙은 조카, 따뜻한
국밥 한 그릇 말아주지 못하고, 못내 마음 아파
그 길로 물 되건너 바래주다 결국
동창이 생겨 생고생한 미련퉁이였더란다. 첫날밤
합환주 한잔 없이 옷고름을 풀었더란다.
몇 달이 가도 말이 없어 그렇거니 하던 신랑
말 못하는 벙어린 줄 나중에야 알고
고향 하늘 바라보며 그리 섧게 울었더란다.
찢어지게 가난한 고향집
아귀 같은 입 하나 줄이는 게 그래도 나아
벙어리처럼 귀머거리처럼 앞 못 보는 봉사처럼

그렇게 억척같이 살았더란다.

배는 남산만 해지고 이내 맏아들 낳아

줄줄이 생기는 대로 낳아 구 남매를 두었더란다.

제삿날

정축년.섣달 열여드레 할머니 제삿날
큰아버지는 진설 끝나고도 한참을
울향을 찾아 장롱이며 시렁 위를 뒤적였고
갈 길이 먼 재종형은 다그치듯 헛기침을 하였다.
큰아버지나 재종형이 사진 속 할머니보다 더 늙어
보였다.

교통사고로 중늙은이가 다 된 종형은
사랑방에 누워 솔담배만 구워댔고
교육대학을 나와 군에 갔다 온 종제는 올해서야
겨우
더듬더듬 지방을 써서 붙였다.
아 커서 어른 되고 어른 죽어 위패 된다더니
늙은 아버지 몸져누워 빠진 자리에는
콧물을 내달기로 유명하던 재종조카 어느새 자라
양복을 해 입고 점잔을 빼며 서 있었다.

어렵사리 향을 찾아 꽂았지만

밑불이 사그라져 실연기 한 올 피지 않았다.
그러거나 말거나 궁둥이 디밀어가며 제를 올리고
복주를 나누었다. 비빔밥에 고등어
작은아버지는 유난스레 고등어를 즐겼다.
큰어머니는 옆에 앉아 음복을 나누며
이건 남선 아지뱀 저건 와룡 큰집
요건 큰질부 조건 작은질부 납뜰 고모네
일일이 손 표시를 하며 혼잣말을 하였다.

열여드레 기우는 달빛 차가운
산동네 가파른 언덕길 내려가던 환갑 지난 재종형
이 길은 어떻게 된 게 다닐수록 가파른지 몰라
가끔씩 멈춰 서서 달 한 번 보고 걷고 하였다.

쑥국새 소리

다 늦은 시간 아버지의 집에 찾아들었네
쑥국새 소리, 저놈의 쑥국새 소리
해묵은 가난을 깔고 누운 머리맡
골골 깊어진 아버지의 기침 소리
자정 무렵, 도시에서 나는 무슨 소리를 들었으랴
공장에서 네온 솟은 거리에서 산동네에서
무슨 쑥국새 소리 들었으랴, 그저 지쳐
술 취한 등을 받아주던 따뜻한 가로등
길 위에서 길을 잃었을 때
홀로 서른 고개 넘고 있었지
그리운 아버지의 집
다 늦어 찾아들었지만
쑥국새 둥지로 무슨 새가 날아들었으랴
그리움 달래주지 않는 저기 저
저놈의 쑥국새 소리, 아버지의 기침 소리

아내에게

꽃은 이 땅에 쉬어가는 바람 같은 것
바람은 이 땅을 떠나는 꽃 같은 것
사람은 이 땅에 쉬어가는 꽃 같은 것
꽃은 이 땅을 떠나는 사람 같은 것

나 그대에게 쉬든
그대 나에게 쉬든

사랑은 이 땅에 쉬어가는 바람 같은 것
바람은 이 땅을 떠나는 사랑 같은 것
삶은 이 땅에 쉬어가는 꽃 같은 것
꽃은 이 땅을 떠나는 삶 같은 것

나 그대에게 꽃으로 쉬든
그대 나에게 바람으로 쉬든
흔들리며 흔들거리며 살아갈 때
향기도 번지고 홀씨도 나는 일
흔들 수 있을 때까지 우리 바람 아니랴
흔들릴 수 있을 때까지 우리 꽃 아니랴

봄에 태어날 아이에게

온단다
삼월이 오면
그리운 사람 하나
맨몸으로
나를 찾아온단다
사내면 사내로
계집이면 계집으로
부끄럼 없이 맨몸으로
온단다

봄이 오면
온단다
내 청춘의 무거운 짐을 풀었던
기찻길 옆 어두운 방
환하게 만났던 여인이
겨우내 품었던
꽃씨와도 같은 사람 하나를
내게 보내온단다
우리에게 보내온단다

우리 집

도시로 떠난 사람의 빈 집
아버지 소작 부치며 깃들여 사네
여름 겨울 서울 말씨들
별장인 듯 다녀가는 집
그런 집도 나 떠나서 내내 그리워하네
청개구리 어린 시절 나 쓰고 놀던
장맛비에 토란잎 같은 나의 집
우리 집

아버지의 수레바퀴

아버지의 인생은 오토바이 바퀴에서 그쳤다.
달구지 하나 없는 화전민으로 살다가
지게 지고 안동으로 이사 나온 뒤
아버지의 인생은 손수레 바퀴였다.
채소장수에서 술 배달꾼으로 옮겨갔을 땐
아버지의 인생은 짐실이 자전거 바퀴였다.
아들딸들이 뿔뿔이 흩어져 바퀴를 찾을 무렵
아버지의 바퀴는 오토바이 두 대째로 굴렀다.
아들딸들이 자동차 바퀴에 인생을 실었을 무렵
아버지의 인생은 오토바이 바퀴에서 끝났다.
뺑소니 자동차 바퀴가 오토바이 바퀴를 세운 것이다.
아버지의 인생에서 마지막 바퀴는
병원으로 실려가던 그때의 택시 바퀴였다.
석 달 긴 잠 끝에 깨어난 뒤
바퀴 잃은 아버지의 인생은 지팡이였다.
걸음 앞에 꾹꾹 점을 찍는 아버지
인생의 마침표를 찍는 연습을 하는 것 같다.
하나 남은 바퀴는 죽어서 저기 갈 때,

아버지의 인생 아버지의 노동은
오토바이 바퀴가 찌그러지면서 끝이 났다.

어리목 노루 떼

뿔, 어디에 쓰랴
눈보다 눈밭 눈사태
마른풀조차 보이지 않는 산
말라빠진 산머루도
찾을 수 없는 설산

함께 봄을 기다리자던 몇몇은
낙엽을 씹으며 떠났고 더러는
덫에 걸려 제 목소리를 버렸다.
이명처럼 남은 장탄식 소리 외마디 소리
겨울나무 숲에 어리는 뿔들의 스크럼

내려가야겠어
전장 같은 설산을 내려가야겠어
굶주린 배를 눈밭에 문지르며
긴 다리를 비웃는 허방에 길을 내며
뿔 없는 짝과
새로 돋는 뿔을 가진 어린 생명을 안고

가야겠어

저 따뜻한 겨울잠에 빠진
살진 무리들이 깨어나기 전에
나도 나만의 봄을 찾아 떠나야겠어
버릴 수 없는 뿔,
뿔을 앞세우고

딸에게

갓 돌 지난 너를 부천 이모에게 보내고
배웅도 못한 아비는 마음이 쓰인다
어미는 하루 종일 일에 시달리다 밤이면
돌아누워 어깨 눈물을 흘린다
늙은 네 외할미 마른 젖가슴을 마다 않고
잘 논다는 소식에 못내 대견해 하지만
벌써 아비는 마음이 부대낀다
돌이 한참 지나서도 걷지 않는 이유를
발에 맞는 새 신발을 사 신기고서야 안
아비의 불민함을 용서해라 은서야
네가 없는 빈자리를 사이에 두고
에미 애비는 괜히 토닥토닥 다투는구나
돌아눕는 네 에미 등짝에 달 떠올리며
애비는 밤짐승처럼 속으로 울었다. 은서야
부천은 서해가 가깝다는구나, 생각해 보니
여태 서해바다 한 번 본 적이 없구나 내 올라가면
소래 포구에 물 들어오는 것 구경이나 우리
원 없이 하자꾸나 두 눈이 얼얼하도록

서해바다 푸른 물빛이나 가득 담아보자꾸나
은서야, 네가 읽지도 쓰지도 못하는 편질 쓰는 아비
딱도 하지, 그럼 안녕, 글쎄다, 이 말을 알까 몰라

3부

자작나무와 술 한잔

자작나무와 술 한잔

홀로 술 마신 적 있었던가. 아주 오래전
사랑을 잃고 술잔 기울인 적 있었던가.
자작나무처럼 저 자작나무처럼
태백준령 전설 안고 저잣거리 내려와
희디흰 피부도 잃고
곧고 정하던 몸가짐도 잃고
나날이 여위어가는 시청 앞 가로의 자작나무처럼

저 자작나무처럼
따뜻하던 눈보라도 잃고
상큼하기만 하던 높새바람도 잃고
지상에서 가장 먼저 햇살을 이마로 받던
그 기억도 잃어버리고
숫제 그 청청하던 잎부터 말라가는,
포도에 드리운
그림자조차 말라가는 저 자작나무처럼
홀로 술을 마신 적 있었던가. 아주 오래된
사랑을 안고 술잔을 기울인 적 있었던가.

선운사

세상 살면서 한 곳쯤은 그리워하면서 살아야지
한 번도 가보지 않았지만 내 이미 사랑을 품은
그런 한 곳쯤은 그리워하면서 사는 것도 괜찮지

꽃이라고 해서 다 피기만 하는 것은 아니잖아

그래, 세상 살면서 한 사람쯤은 그리워해야지
내 아직 한 번이라도 만나 꽃물 들이지 않았지만
그 한 사람쯤은 그리워하면서 사는 것도 괜찮지

그렇다지, 그곳 그 땅은 지는 꽃만 품 안에 안는다지
지는 꽃이 흙이 되어 땅빛이 붉다지

날이 갈수록 붉어지는 가슴이여

이화령

물처럼 살고 싶어서
그대에게 흘러갔습니다
그 많은 밤길 다 지나서
그 많은 굽이 다 돌아서
쑥부쟁이 키 작은 그대
그 맑은 그곳으로 흘러들어갔습니다 사랑은
산정에서 구름을 기다리는 것이 아니라
산을 내려가는 물의 마음이라는 것을 깨달은
뒤늦은 소식 하나 안고
나 이제서야 물처럼 살고 싶어서
그대에게 흘러흘러 갔습니다

가는 길

오늘 밤은 우리가 강물로 흘러도
사랑은 새벽 강가 안개로 남아
이 땅 모든 풀꽃들의 가슴을 적시리
아침해가 떠오르면 흔적 없어도 좋을
별빛보다 서러운 사랑, 그런 사랑 하나
떨구고 가리, 가없는 밤길
출렁이며 넘실거리는 가는 길에

겨울 남풍

내 걸어온 길 사랑 아닌 적 있었던가
겨울 남풍에 실려온 동백꽃 내음을 따라
내 걸어갈 길 사랑 없이 갈 수 있으랴
기차는 기찻길을 밟으며 지나가는데

내 사랑도 없이 사랑의 길 갈 수 있으랴
밤에 쓴 편지를 전해주는 우체부처럼
한낮의 골목길을 서성이는 사랑이여
기찻길이 환히 내려다보이는 언덕에 서면
동백 동백 동백꽃 지는 가슴을
남으로 난 기찻길 위에 올려두고 싶었네

경산 가는 길

나 오늘 그대 없는 그곳으로 가리
우체국을 나서는 집배원처럼 세상 어귀를 돌아
그대 없는 그곳으로 가리, 거긴 오랫동안
이 내 사랑과 희망이 세상 몫으로 빛나던 거리
오늘은 술 취한 사내들이 토악질하며 지나가고
누군가 저녁별을 주우며 새벽길을 나서리

내가 밤길을 걸을 때 그녀는 별이었으리
별 하나로 건너온 내 서른 생애 밤길을 비껴
그 여름 그 낯선 하늘 끝으로 그대는 가고
오늘은 등불을 들고도 허정대며 가는 길
하늘 저 먼 그대 무사한가 소식 전하리
은사시나무에게도 쥐똥나무에게도 이젠
내 가슴에 따뜻한 별 하나 자라고 있다고
소식 전하리, 그날 밤 쓰러져 눕던
산구절초 꽃더미에게도 소식 전하리, 언젠가
그대에게 밤이 오면 그 하늘에
가장 먼저 뜨는 별 나인 줄 알라고

소식 전하리, 그 집 앞을 지나는 집배원처럼
나 오늘 그대 없는 그곳, 그 먼 곳으로 가리

청량산의 봄

그늘진 곳은 오래 춥지만
그늘진 곳에 참꽃이 핀다.

햇살 바른 곳에 피는 꽃은
고개를 숙이거나
눈부셔 하지만

그늘을 거두고 잔설을 물들이며 피는
그들의 꽃은 새첩다.

그늘의 봄은 따뜻하다.

감나무가 있는 마을

올해는 단풍도 들지 않고 감잎이 졌습니다
서리가 내리기도 전에 때 이른 얼음이 얼어
홍시가 되기도 전에 까치밥을 차렸습니다
스산한 감나무 아래 그대 까치발로 서 있던 그 자리
누군가 물 위에 쓴 사랑처럼 아무런 흔적 없는
빈 쪽지 같은 사랑을 남기고 떠났습니다
이윽고 그 자리에 붉은 감 하나 떨어졌습니다

춘란 春蘭

꽃을 보려면
난을 죽음으로 내몰아야 한다.
물은커녕 눈길도 주지 않아야 한다.

죽음이 향기로 피는 꽃
죽음이 아름다움으로 피는 꽃

난을 살리려면 한 사흘만 향기에 취하고
한 사흘만 아름다움에 눈먼 뒤
꽃을 잘라야 한다.

죽음이 향기로운 꽃
죽음이 아름다운 꽃

사람아
우리는 얼마나 목말라야 꽃으로 피는가
얼마나 향기로워야 꽃으로 지는가

길

장미꽃 속에서 울고 있는 새 한 마리

그대 사랑을 안고 나에게 오는 길이
너무 멀다, 무릎이 자꾸 아파온다
그대 사랑을 안고 나에게 오는 길이
보이지 않는다 눈앞이 캄캄해 온다
그대 사랑을 안고 나에게 오는 길이
아득하여라, 하늘에도 길은 있는가
사랑을 안고 그대에게 가는 길이 너무 멀다

울지 마라 새여 꽃이 지면 금세 가시나무이리

민들레

나는 민들레인 줄 알았다. 민들레,
갈라진 시멘트 틈 사이에서도 살고
아스팔트 홈 패여 먼지 쌓인 곳에서도 살고
시궁창 곁 썩은 흙에도 뿌리내리고
한 송이 꽃으로 사는
나는 민들레인 줄 알았다.

돌아보면 그런 나는 보이지 않고
갈라진 시멘트인 내가,
울퉁불퉁한 아스팔트길인 내가,
썩을 대로 썩어 고약한 냄새나 풍기며
시궁창 검은 물살에 둥둥 떠다니는
오물덩이 내가 있으니

나는 민들레 나는 민들레
부질없는 생각 다 버리고
마음 돌이킬 수밖에, 이런 내게도 민들레
꽃씨 하나 날아온다면

마음 다해 꽃 한 송이 피워보련만

이 봄, 또 한 차례

나를 긋고 지나는 모래바람

칼날 위의 세월

아침이 두려워
새우잠
별 하나 품고
화석처럼 굳어버렸으면

칼날 위의 세월
빚쟁이처럼 찾아오는 아침
두려워
처음 냇물을 건넌 아이처럼
밤에서 밤으로 훌쩍 건너
안도의 한숨 쉬며
새우잠
별빛 하나 품고
삼엽충처럼
똬리 틀고
밤의 단단한 껍질 속에서
한 시대를 지냈으면

먼 훗날
돌도끼에 선뜻 잠 깨어
아침에도 빛나는
별 하나 낳았으면
별은 별을 낳고
별이 또 별을 낳았으면
연체이자처럼 별들이 별들을 낳았으면

나도민달팽이

울진 소광리 계곡에서 민달팽이를 보았다.
집을 등에 지고 다니는 달팽이도 아니고
모래와 나뭇잎으로 집을 짓고 사는 물벌레도 아니며
그저 맨몸으로 기어 다니는 민달팽이를 보았다.
가진 것이라고는 몸뚱어리에 뱃가죽만 단단한,
물먹은 바위 그늘을 따라 기어 다니는 민달팽이

알몸으로 더디게 바위 하나를 넘어간다.
한때 달팽이를 부러워한 나를 비웃듯
집을 짓고 사는 물벌레를 부러워한 나를 비웃듯
바위틈이든 낙엽 쌓인 속이든 머물다 가는 민달팽이
천천히 바위를 넘어간다. 물자욱이 남는다. 이내
햇볕이 물기를 거두며 뒤따른다. 그러거나 말거나
언제나 그 빠르기로 큰 바위 하나를 거뜬하게 넘어간
다.
집이 없어도, 집을 짓지 않아도 아무렇지 않은 민달
팽이

샌프란시스코

고등학교 다닐 때 좋아했던 노래
천천히 밀려와 가슴을 때리고
흔적도 없이 멀어지던 그 노래
젊은 한때 미국 노래라고 멀리한 그 노래
데이지꽃을 머리띠로 바꿔 부르며
미국으로 쳐들어가는 꿈을 꾸기도 한 그 노래
드라마 '애인'의 삽입곡으로 다시 나타난, 망령 같은,
나를 따르라, 가자, 샌프란시스코로, 머리에 데이지
꽃을 꽂고
달래고 어르는 수염귀신 같은, 그 노래를
나는 요즘 다시 듣는다, 부른다, 노래방에서
길거리에서 술집에서
한 번도 가보지 않은 미국을 생각하며
샌프란시스코를 생각하며 꽃 파는 처녀를 생각하며
이제는 한 딸아이의 어머니가 된 여인을 생각하며
노래로는 아무것도 이룰 수 없는 사랑을 생각하며
이퓨 꼬잉 투 샌 프란시스코 유 꼬나 밑……
노래는 섹스가 되지 않는 이유를 생각하며
불러본다, 샌프란시스코를

옛 편지

옛 편지 한 통
책갈피 사이에 잠들어 있다.
부치지 못한 편지 마지막 인사
편지를 쓴 사람은 남으로 가고
편지를 받을 사람은 강 건너간 지 오래

다만 낯선 얼굴
빗길을 걸어와서
옛 편지의 안부를 묻고 눈 내리는 길
떠난다. 별 하나
꽃 피는 언덕 넘어와서
옛 편지 안부를 묻고 낙엽 지는
들판을 건너간다
마지막 답신도 없이 안부만 묻고
큰 강을 건너서 간다

가슴속에 깃들여 있는
옛 편지 한 통

함부로 꺼내면 재가 될 듯한 이름
옛일을 잊은 듯한 그 사람이 걸어간 길
돌아오지 않는 청춘의 거리
우체통에 갈비뼈처럼 깃들여 있는
옛 편지 한 통

4부

선어대 나루에서 봄을 기다리며

고해告解

시를 쓰지 않았다면 나는 아마
감옥에나 드나들며 아무렇게나 살았으리
양심수들 강력범들 수발들며 오사리잡범으로
뺑끼통이나 씻으며 한 생애를 살았으리

내가 만약 서툰 사랑이라도 하지 않았다면
아마도 정신병원 창살을 부여잡고 있었으리
흐릿한 동공 헤 벌린 입가에 침을 질질 흘리며
새어드는 햇살에 떠도는 먼지나 헤아리며 살았으리

어쩌면 내가 시나 사랑을 몰랐다면 지금쯤
공동묘지에 누워 따뜻한 햇살을 즐기든지 아니면
뼛가루 흩뿌려져 낙동강 하구를 떠돌며
말할 수 없는 내 인생 까마득히 잊었으리

안동소주

나는 요즘 주막이 그립다.
첫머리재, 한티재, 솔티재 혹은 보나루
그 어딘가에 있었던 주막이 그립다.
뒤란 구석진 곳에 소줏고리 엎어놓고
장작불로 짜낸 홧홧한 안동소주
미추름한 호리병에 묵 한 사발
소반 받쳐 들고 나오는 주모가 그립다.
팔도 장돌뱅이와 어울려 투전판도 기웃거리다가
심심해지면 동네 청상과 보리밭으로 들어가
기약도 없는 긴 이별을 나누고 싶다.
까무룩 안동소주에 취한 두어 시간 잠에서 깨어나
머리 한 번 흔들고 짚세기 고쳐 매고
길 떠나는 등짐장수를 따라나서고 싶다.
컹컹 짖어 개목다리 건너
말 몰았다 마뜰 지나 한 되 두 되 선어대
어덕더덕 대추벼리 해 돋았다 불거리
들락날락 내 앞을 돌아 침 뱉었다 가래재……
등짐장수의 노래가 멎는 주막에 들러

안동소주 한 두루미에 한 사흘쯤 취해
돌아갈 길 까마득히 잊고 마는
나는 요즘 그런 주막이 그립다.

복당골 해바라기
—류윤형 화백

해바라기를 심을 때부터
그는 해바라기를 그린다고 했다.
그러나 그는 여름이 다 가도록
해바라기를 그리지 않았다.
키 좋은 해바라기는 울타리처럼
너른 마당을 두르고 서서
환한 얼굴을 만들어갔지만
그는 끝내 그림을 그리지 않았다.
어느 여류시인이
지금 색이 좋은데
왜 그리지 않느냐고 했을 때
그는 다만 고개를 저을 뿐이었다.
가을이 깊어가고
신작로의 포플러나무가 마른 잎을 떨굴 때
그는 비로소 화구를 챙기기 시작했다. 이미
해바라기는 꼿꼿하던 고개를 숙이고
꽃잎은 제 색을 잃어가고 있었다.
푸르던 목청은 살이 내려 힘줄 더욱 불거지고

얼굴은 검버섯이 피어난 채 땅만
내려다보고 있었다. 여름내 마주하던 햇살을 등지
고
마른 바람에 살을 빼고 있는 해바라기
그때서야 그는, 어 참 색 좋다, 어이 거 느낌 좋다
천천히 바탕색을 입히고 있었다.

선어대 나루에서 봄을 기다리며

　　　ㅡ선어모범仙漁暮帆

나는 요즘 강 건너 마을로 들어가는
첫 배를 기다리는 꿈을 꾼다.

하지만 나는 아직 강 건너 마을 이름을 모른다.
아는 이도 한 사람 없다.
언 강에 발목 묶인 채 겨울을 나는 저 배
나는 아직 한 번도 타본 적이 없다.
겨우내 마을 사람들이
얼음장 위를 걸어 오가는 동안에도
나는 저 배와 같이 한 번도 강을 건너지 않았다.
물결도 없고 닻도 없는 얼음 위의 정박
봄이 와도 한동안은
강을 오가지 않을 것이다.
반나마 남은 얼음길
반나마 드러난 뱃길
사람들은 한동안 먼 산길을 돌아 오갈 것이다.

저기 저 배의 꿈은 강을 건너는 것

머지않아 강물은
온전히 몸을 풀고 흐를 것이다.
저 배와는 달리 애당초 나의 꿈은
그 강물을 따라 흐르는 것, 하지만
어느새 나의 꿈도 저 배와 같이
강을 건너는 꿈을 꾸고 있음을
봄을 기다리면서 알았다.

나는 요즘 생각한다. 강 건너 나루에서
나룻배를 기다리는 나를 생각한다.
마을 사람들을 싣고
저녁노을 지는 강을 건너오는 막배를
기다리는 나의 모습을 생각한다.

봉정사

겨울, 봉정사 가는 길에는
새 한 마리 날지 않았다.
세상에 움직이는 것이라곤
내리꽂히고 쌓이는 진눈깨비뿐
흐르던 물도 얼어붙어 있었다.
갈잎을 흔들어대던 바람도
앙상한 가지 사이사이에 잠들어 있었다.

절 마당에는 스님이 보이지 않았다.
발자국 끊긴 곳에는 흰 고무신
한 켤레 진눈깨비에 젖어 있을 뿐
따뜻한 입김은 어디에도 없었다.
다만, 눈비 긋고 선 극락전 처마 밑
한참을 기다리고 선 끝에
낙숫물 거슬러 날아오르는
맞배지붕보다 더 큰 날개를 가진
새 한 마리 보았을 뿐이었다.
다시 세상으로 나가는 길이 보이기 시작했다.

백수

요즘 아내의 방문 여닫는 소리 자꾸만 크게 들린다.
도대체 뭘 해요 쿵, 뭐 좀 어떻게 해봐요 쿵,
부글부글 속 끓다가도 끽, 뭐라 목젖을 잡아당기다
가도 끼익,
한숨 한 번 내쉴 양이면 그마저 문소리에 끼여 끽,
문소리가 격해질수록 나는 벙어리가 되어간다.

쿵, 하는 문소리 사그라지는 틈으로 아내의 목소리
아이더러, 아빠 식사하세요 해, 하는 말 엿듣고 눈물
난다.

한파

북쪽으로 난 창밖 방송국 건물
돌출간판 틈새 비둘기들이 산다. 지난해보다
식구들이 붙어 자리싸움이 자못 치열하다.
그 속에 들지 못한 비둘기들은 옥상 난간이나
우리 집 옥상으로 날아와 가끔씩 똥을 싸기도 하고
더러는 아예 둥지를 틀고 앉아 방송국 쪽을 힐끔거린
다.

비둘기보다 늦은 방송국의 정리해고
IMF 한파가 이곳 시골 방송국까지 불어와
직원 차량들로 빼곡하던 주차장이 넉넉하다.

문득 우리 집 옥상에 사는 비둘기가 거룩해 보인다.
빨래에 싸놓은 똥도 거룩해 보인다.
무슨 일을 해서든 먹고사는 증거 아니랴, 정리해고된
내가 아는 그 여인도 거룩하게 살고 있을까
거룩하게 일하고 거룩하게 먹고 거룩하게…… 거룩하
게……

붉은 건물, 남으로 난 창, 저 블라인드 너머

신출내기여서 잘릴 염려가 없다는 그 여자는 무사

한지

붉은 벽돌에 걸린 돌출간판 틈새 비둘기들이 깃을

묻고

한겨울을 나고 있는 게 또한 거룩하게 보이는 한파

향수

해는 언제 뜨고 언제 지는가
내 고향 안동에서 살 적에는
툭하면 바다가 보고 싶어
해 뜨는 동해바다 자주 찾곤 했었지
술 취한 저녁이면 바닷가에 나가
저무는 내 사랑 조금씩 버리면서 비로소
동해에도 해가 지는 줄 알았었지

내 나이 서른 바투 넘어 이제는
그렇게 좋아하는 바닷가에 와 살며
바다 구경 실컷 하리라 생각했는데
해는 어디서 뜨고 또 어디로 지는가
철강공단에 나가 삼교대로 돌며
날이 갈수록 바다는커녕 어째서 이제는
툭하면 고향집이 눈에 아프고
무심히 지나쳤던 실개울 물봉숭아마저
그 여름인 듯 지천으로 피는지
피어 눈을 새근하게 하는지

영일만

낙동강을 건너서 왔네
아버지의 기침 소리 잦아드는 사랑채 두고
도도히 흐르는 낙동강 저 세월에 밀려
태백산맥을 넘어 나 여기 왔네
봉고트럭에 반나마 낡루를 싣고
연신 눈물을 찍어내는 권속과 함께
해 지는 동해바다 에돌아 왔네

낙동강을 건너 태백산맥을 넘어
검은 바다 쇳먼지 날리는
영일만 모래톱에 잦아들었네
쇳물 같은 노을이 아침저녁으로 번지는
해가 지지 않는 철강공단
나 여기 강물처럼 흘러들어왔네
낯선 단말마 기계 소리
반나마 귀마개로 거두며
다시 시작하기로 했네
패잔의 청춘 푸른 옷으로 감싸며
그래 그렇게 다시
사는 일부터 시작하기로 했네

냉이꽃

내가 그 기나긴 겨울
맵찬 바람이 불거나
눈보라 칠 때도 아랑곳하지 않고
언 땅속에서 발 동동 구르며
그리움으로 사랑으로 기다린 것은
이런 봄이 아니었네 만화방창
삼삼오오 화사한 상춘객이나 보자고
꽃버들 벚꽃 그늘 아래서
부푼 꽃가슴 눌러가며 기다린 것은
더욱 아니었네

내가 기다린 나의 봄은
꽃으로 피자고 피어 또다시
폴폴거리며 어디론가 날아가자고
날아 또 어느 곳에 떨어져
질긴 목숨이나 이어가자고
뿌리 깊은 발돋움하며 기다린 것은
더욱더 아니었네

내가 기다린 나의 봄은 오직
도랑치마 여자애의 작은 노동,
나물바구니에 뿌리째 담겨
사랑과 그리움의 속내음으로 피어
그리하여
내가 기다린 나의 봄은
꽃도 없이 다시 사는 것이었네

낙평리 지나는 길에

태백산맥 넘어 영덕 가는 길에
산에서 뚝 떨어진 낙평리
버스를 기다리는 할아버지 한 분
유월의 햇살 아래 흰 옷이 눈부시다
멀리 논 가운데 말라죽은 동수나무
아름드리 둥걸을 담쟁이넝쿨이 대신 푸르렀고
여기저기 자리 잡은 복숭아나무는
꽃 진 자리를 감추며 잎사귀만 한껏 푸르렀다
한가로운 평일 낮 국도에는 무리 지은 나비 떼
달리는 차창에 부딪치고 흩어지며
소지燒紙처럼 아무렇게나 바람도 없이 나부꼈다
갈아엎어진 밭 흙이 말라가는 동안에도
밭둑에 나앉은 늙은 부부의 담배 참이 한가롭거
나 말거나
물 적은 오십천은 동으로 동으로 흘렀다

윤삼월

녹슨 먼지
녹슨 은사시나무
녹슨 꽃밭의 흙

한 번쯤
철강공단에도
따뜻한 바람이 불면

뿌리부터 내린
민들레가 피건만

녹슨 얼굴
녹슨 작업복
씻은들⋯⋯
헹군들⋯⋯

한 번쯤
철강공단에 꽃시샘

바람이 불기라도 하면

꽃잎을 버린 민들레는
우리들의 녹슨 편지를 안고
떠난다 떠 난 다

질긴 뿌리만 가진
우리만 남는다

짝쇠의 노래

-풍물꾼 권두현·한희영 결혼에 부처

오랜 세월 그대들은 짝쇠였다
꽹과리를 치며 장구를 치며
우도든 좌도든 휘몰아 가다가
그대들 중 어느 하나는 상쇠가 되고
그대들 중 어느 하나는 부쇠가 되어
눈빛으로 어깻짓으로 웃음으로 신명으로
가락을 주고받으며 다스리고 아우르며
걸판지게 판을 이끌던
그렇게 오랜 세월을 두고 그대들은 짝쇠였다
어린 눈물은 따뜻한 그리움으로 되새기고
어린 마음은 말없는 기다림으로 다잡으며
사·랑·한·다·사·랑·한·다……
서로의 가락에 실어 보낸 그 눈물겨움으로
마침내 오늘 그대들은 인생의 짝쇠가 되었다
바라거니, 모든 사람들의 추임새로 바라거니
오랜 세월 그대들이 짝쇠였듯이
두고두고 인생의 짝쇠가 되어라
사랑·한다·사랑·한다·사랑한다·사랑한다……

그대들이 함께하는 인생의 짝쇠에는
판을 가르는 긴 징소리는 없으리

부도

단칸방에 아이 둘,
속 좋은 아비는 웃으며 날일 가고
어미는 하루 종일 넋이 빠져
어음 쪼가리로 종이배를 접었다.
비행기를 접었다. 학을 접었다. 낡은 어음 쪼가리
손 마르면 침을 퉤퉤 뱉었다. 방 한구석
끼니때 맞춰 전기밥솥은
따뜻한 김을 정액처럼 뱉었다.
밤이면 아비는 딸애 안고 자고
어미는 말만 한 아들애 품고 뒤척인다.
해가 들지 않는 단칸방, 네 가족

내게 거짓말을 해봐

— 소설가 장정일 씨 보석
— 음란성과 관련,
　음란 문서 제조죄로 실형 선고 받고
　법정구속…… 석방
— 증거 인멸 및 도주 우려 없고
　2개월가량 구금된 점을 참작,
　보석금 1천만 원 납입 조건으로 석방한다.

1997년 7월 24일 목요일 중앙일보 사회면
장정일 보석 값은 시가 1천만 원이었다.

두 달 전쯤 구안국도 휴게실에서
컵라면을 먹다가 장정일 구속 사실을 알았다.
마누라는 너무하다고 분통을 터뜨렸다.
이 나라 글쟁이는 글쟁이도 아녀
황석영, 박노해, 김하기, 박영희……
장정일 석방운동은 누가 할까
뜨거운 라면, 눈을 치고 머리를 때린다.

사실 음란하기로 따진다면 내가 한 수 위지
지나가는 처자 가슴 훔쳐보는 것은 기본이고
장정일이가 여관에서 비디오 포르노 공부할 때
하룻밤 신세지면서, 나처럼 고교 때 마스터해야지,
때늦은 그의 열성을 비아냥거렸다.
술집에서 내가 던진 소주잔에 얻어맞고
다시는 내 볼 생각 마라던 놈이
어느 날, 아담이 눈뜰 때에 사인을 해주고
서울이다, 파리다, 언론을 끌고 다니면서
내게 거짓말을 해보라고 소리만 치더니 꼴 좋다.
사실, 장정일보다는 내가 더 음란하지
기껏해야 붓끝만 세우는 그는 사실 아무것도 아니지

여전히 짧은 머리의 그는 세상을 향해
내게 거짓말을 해봐! 하고 소리친다.
책 속에 나오는 주인공들의
실제 인물들에게 그는, 내게 거짓말을 해봐!
큰소리치고 있다. 그래

책이 아니라 이런 세상이 존재하는 한
증거 인멸은 없을 것이다.
이런 세상 사람들이 존재하는 한
도주 우려는 없을 것이다.
그런 의미에서 그의 보석금은 사실
터무니없이 비싼 것이야
이것 봐, 벌써 그의 기사 옆에 실린 기사는
"콘돔이 찢어져요" 하고 비명을 지르고 있잖아

— 장정일, 위험하니 너의 붓끝에는 착용하지 말 것!

발문

한 두루미의 안동소주 같은……

1

갓 돌 지난 너를 부천 이모에게 보내고

배웅도 못한 아비는 마음이 쓰인다

어미는 하루 종일 일에 시달리다 밤이면

돌아누워 어깨 눈물을 흘린다

늙은 네 외할미 마른 젖가슴을 마다 않고

잘 논다는 소식에 못내 대견해 하지만

벌써 아비는 마음이 부대낀다

돌이 한참 지나서도 걷지 않는 이유를

발에 맞는 새 신발을 사 신기고서야 안

아비의 불민함을 용서해라 은서야

네가 없는 빈자리를 사이에 두고

에미 애비는 괜히 토닥토닥 다투는구나

돌아눕는 네 에미 등짝에 달 떠올리며

애비는 밤짐승처럼 속으로 울었다. 은서야

부천은 서해가 가깝다는구나, 생각해 보니

여태 서해바다 한 번 본 적이 없구나 내 올라가면

소래 포구에 물 들어오는 것 구경이나 우리

원 없이 하자꾸나 두 눈이 얼얼하도록

서해바다 푸른 물빛이나 가득 담아보자꾸나
은서야, 네가 읽지도 쓰지도 못하는 편질 쓰는 아비
딱도 하지, 그럼 안녕, 글쎄다, 이 말을 알까 몰라

―「딸에게」전문

　나는 이 시집에서 먼저, 갓 돌 지나 이모에게 보내
진, "읽지도 쓰지도 못하는" 딸에게 보내는 아비의 편
지라는 형식을 취하고 있는 이 시를 매우 감동적으로
읽었다. 시가 평이한 것은 특별한 기교 따위를 동원
하고 있지 않기 때문이겠는데, 시를 쓰겠다는 생각을
가지고 쓴 시가 아니고, 누군가에게 하고 싶은 말, 들
려주지 않고는 못 견딜 속마음을 꾸밈없이 털어놓은
말이라는 느낌이 들어 더 감동적으로 읽혔는지도 모
른다. 물론 시의 바탕에는 가난한 아비, 힘들게 일하
는 어미, 서해바다 가까이 사는 이모와 외할미의 세
화細畵가 있지만, 이 세화는 보편적인 것으로 이 시인
만의 특수한 경험에 따른 것은 아닐 터이다. 결국 이
시가 나를 감동시킨 것은 딸을 생각하는 시인의 간절
하고 애타는 마음이 내 감정을 압도했다는 얘기로서,
나는 이 시를 읽으면서 시란 도대체 무엇일까라는 근
본적인 문제를 다시 한 번 생각해 보았다.

"시도 역시 사람이 사람한테 하는 말"이라는 말은 백낙청 교수가 내 시집 『농무』의 발문에서 한 말이 지만, 실제로 우리는 내가 느낀 것, 생각한 것, 깨달 은 것을 누군가와 얘기하고 싶을 때 시를 쓴다. 독자 도 마찬가지다. 가령 그리움이면 그리움, 사랑이면 사 랑 또는 죽음이면 죽음에 대해서 다른 사람은 어떻게 느끼고 어떻게 생각하고 어떻게 깨닫고 있는가를 알 고 싶을 때 시를 찾게 되는 것이 사실이다. 그렇다면 결국 시 또한 대화가 아닐까? 물론 온갖 설명과 표현 이 다 허용되는 일반적인 것과는 크게 성격이 다른 것 으로서, 그 대화는 말 하나를 가지고 백 개의 말을 대 신하게 해야 하며, 한 사상寫像을 가지고 백 가지 사상 을 떠올리게 해야 한다. 그만큼 집중과 축약이 요구된 다는 소리다. 그렇다면 비유니 상징이니 하는 것은 이 대화를 효과적이게 하는 장치에 불과한 것은 아닐까? 장치가 곧 예술의 본질이라는 주장을 덮어놓고 무시 해서는 안 되겠지만 말이다. 어쨌든 이런 요구를 완전 히 충족시켰다고는 말할 수 없겠지만, 위의 시를 읽으 면서 나는, 추운 밤 훌쩍거리다 돌아누워 잠든 아내 의 곁에서 먼 곳에 있는 어린 딸을 생각하며 잠 못 이 루는 시인의 애절한 호소를 듣고 있는 느낌이었다.

사실 이 시집에서 나를 가장 감동시킨 것은 2부에

들어 있는 「보리밭」,「감나무 그늘 아래」,「쑥국새 소리」 등 가족이 주제가 된 시들이었다. 쑥국새 소리와 아버지의 기침 소리를 배합하여 객지에서 그리는, 사랑과 미움과 연민이 뒤섞인 아버지의 이미지를 만들어낸 「쑥국새 소리」 한 편을 더 읽어보자.

> 다 늦은 시간 아버지의 집에 찾아들었네
> 쑥국새 소리, 저놈의 쑥국새 소리
> 해묵은 가난을 깔고 누운 머리맡
> 골골 깊어진 아버지의 기침 소리
> 자정 무렵, 도시에서 나는 무슨 소리를 들었으랴
> 공장에서 네온 솟은 거리에서 산동네에서
> 무슨 쑥국새 소리 들었으랴, 그저 지쳐
> 술 취한 등을 받아주던 따뜻한 가로등
> 길 위에서 길을 잃었을 때
> 홀로 서른 고개 넘고 있었지
> 그리운 아버지의 집
> 다 늦어 찾아들었지만
> 쑥국새 둥지로 무슨 새가 날아들었으랴
> 그리움 달래주지 않는 저기 저
> 저놈의 쑥국새 소리, 아버지의 기침 소리

> —「쑥국새 소리」 전문

하지만 이 시는 애매한 대목도 없지 않고 무언가 정리되지 못한 느낌을 주는 구석도 여러 군데 보인다. 이에 비하여 동요풍의 짧은 시 「보리밭」이 보다 완성도가 높다. 이런 시가 보다 많았으면 이 시집이 더욱 빛났을 것이다.

> 꽃이 피기도 전에 봄이 왔는가 보다
> 너무 일찍 잠 깬 호랑나비 한 마리
> 청보리밭에 잠시 앉았다 날아간다
> 고생만 하고 간 엄마 생각이 난다

> ― 「보리밭」 전문

2

안상학 하면 내게는 아직도 검은 물만 흐르는 신천의 이미지로 남아 있다. 신춘문예 당선작으로, 1987년 대선 직후 우리를 사로잡고 있던 깊은 허무와 절망의 분위기를 감동적으로 그린 「1987년 11월의 신천新川」의 인상이 너무 깊었던 탓이다. 지금 읽어도 그 감동이 여전한 그 시의 첫 대목은 이렇다.

신천교가 보이는 길목을 지켜 선
가로수는 하나둘 가을 흔적을 지우고
팽팽하게 바람을 안고 있는 선거 현수막은
가지를 붙들고 안간힘을 쓰고 있다
강남약국 앞 버스정류소 무인 판매대에서
문득 주워든 때 지난 조간신문
사람들이 표표히 떠도는 모습을 배경으로
현수막에 붙박인 무표정한 이름들이 웃고 있다
순간 사회면에서 비상하는 철새들
왜가리 청둥오리 두루미 고니 떼 무리
을숙도에 잠시 머물다 북상할 거라는 단신
저 썩어 흐르는 신천에도 철새는 날아올까

— 「1987년 11월의 신천新川」 부분

이와 비슷한, 무언가 스산하고 막막한 분위기를 풍기는 시는 이 시집에도 여러 편이다. 가령 「샌프란시스코」도 그 하나다

고등학교 다닐 때 좋아하던 노래
천천히 밀려와 가슴을 때리고
흔적도 없이 멀어지던 그 노래

(중략)

나는 요즘 다시 듣는다, 부른다, 노래방에서

길거리에서 술집에서

한 번도 가보지 않은 미국을 생각하며

샌프란시스코를 생각하며 꽃 파는 처녀를 생각하며

　　　　　　　　　　－「샌프란시스코」 부분

'신천'은 스산하고 막막하면서도 신선했음에 비하여, 이 시에는 그런 신선한 맛이 없다. 후일담 취향이다 그렇지만 맥이 빠져 있다는 느낌이다. 이런 류의 시 가운데서는 차라리 「안동소주」 같은 시가 재미있고, 호소력도 있다.

나는 요즘 주막이 그립다.

첫머리재, 한티재, 솔티재 혹은 보나루

그 어딘가에 있었던 주막이 그립다.

뒤란 구석진 곳에 소줏고리 엎어놓고

장작불로 짜낸 횟횟한 안동소주

미추룸한 호리병에 묵 한 사발

소반 받쳐 들고 나오는 주모가 그립다.

팔도 장돌뱅이와 어울려 투전판도 기웃거리다가

심심해지면 동네 청상과 보리밭으로 들어가

기약도 없는 긴 이별을 나누고 싶다.
까무룩 안동소주에 취한 두어 시간 잠에서 깨어나
머리 한 번 흔들고 짚세기 고쳐 매고
길 떠나는 등짐장수를 따라나서고 싶다.
컹컹 짖어 개목다리 건너
말 몰았다 마뜰 지나 한 되 두 되 선어대
어덕더덕 대추벼리 해 돋았다 불거리
들락날락 내 앞을 돌아 침 뱉었다 가래재……
등짐장수의 노래가 멎는 주막에 들러
안동소주 한 두루미에 한 사흘쯤 취해
돌아갈 길 까마득히 잊고 마는
나는 요즘 그런 주막이 그립다.

―「안동소주」 전문

　복고주의라 핀잔하겠지만, "팔도 장돌뱅이와 어울려 투전판도 기웃거리다가/ 심심해지면 동네 청상과 보리밭으로 들어가"는 꿈이 어디 이 시인만의 것이겠는가. 안동소주에 한 사흘쯤 취해서 돌아갈 길마저 잊고 마는 그런 주막이 그리운 것도 그만이 아니리라. 지금이 어떤 판인데 이런 한가한 소리나 하고 있느냐고 나무라는 사람도 없지 않겠지만, 시가 어디 눈 부릅뜨고 세상을 지켜보고 있는 독하고 매서운 사람의

외침이기만 할 수 있으랴. 시는 때로 이렇게 나사가 빠진 헐거운 비틀걸음 속에서 상상력의 출구를 찾을 수도 있을 것이다. 나는 이 시를 읽으면서 여간만 유쾌하지 않았다.

이 시집에는 모순과 갈등 속에서 자신의 혹은 우리 사회의 정체성을 추구하는 내용의 강한 메시지를 담고 있는 시도 적지 않다. 「옮겨심기에 대한 우화」, 「배롱나무」, 「이불을 널며」, 「봉정사」 등은 그런 시 가운데서 가장 완성도가 높은 시들이다.

> 겨울, 봉정사 가는 길에는
> 새 한 마리 날지 않았다.
> 세상에 움직이는 것이라곤
> 내리꽂히고 쌓이는 진눈깨비뿐
> 흐르던 물도 얼어붙어 있었다.
> 갈잎을 흔들어대던 바람도
> 앙상한 가지 사이사이에 잠들어 있었다.
>
> 절 마당에는 스님이 보이지 않았다.
> 발자국 끊긴 곳에는 흰 고무신
> 한 켤레 진눈깨비에 젖어 있을 뿐
> 따뜻한 입김은 어디에도 없었다.
> 다만, 눈비 긋고 선 극락전 처마 밑

한참을 기다리고 선 끝에
낙숫물 거슬러 날아오르는
맞배지붕보다 더 큰 날개를 가진
새 한 마리 보았을 뿐이었다.
다시 세상으로 나가는 길이 보이기 시작했다.

— 「봉정사」 전문

　새 한 마리 날지 않고 진눈깨비만 내리꽂히고 쌓이
는 봉정사 가는 길, 스님은 보이지 않고 흰 고무신만
한 켤레 진눈깨비에 젖고 있는 뜨락…… 어쩌면 이 시
는 실제로 겨울날 봉정사엘 갔다가 그 느낌을 쓴 시
인지도 모른다. 그러나 이 시는 이 시대의 알레고리로
읽힐 소지가 많다. 흐르던 물도 얼어붙고 바람도 앙상
한 가지 사이에서 잠들어 있다든가, 낙숫물을 거슬러
오르는 맞배지붕보다 더 큰 날개를 가진 새 따위 비유
가 떠올리는 특정한 이미지가 있다는 소리다. 이렇게
되면 "다시 세상으로 나가는 길이 보이기 시작했다"
를 한 시대의 큰 홍역을 앓고서 비로소 눈을 떴다는
비유로 읽을 수 있고, 바로 이런 요소 때문에 이 시를
가장 감동적으로 읽는 독자도 없지 않을 것이다.
　그러나 나는 역시 「딸에게」 같은 시 또는 「안동소
주」 같은 시가 좋다. 가난으로 해서 멀리 보낼 수밖에

없는 딸 걱정으로 잠을 못 이루는 아버지의 눈물 또는 늙은 주모가 지키는 주막집에서 외로운 나그네의 벗의 되는 한 두루미의 안동소주 같은 그러한 시, 나는 안상학의 시에서 그것을 발견하면서 안상학의 이미지를 머릿속에 새롭게 그려 넣게 된다.

안동소주

2019년 6월 7일 1판 1쇄 펴냄

지은이   안상학
펴낸이   김성규
책임편집   김은경 이계섭
디자인   김동선
펴낸곳   걷는사람
주소   서울 마포구 월드컵로16길 51 서교자이빌 304호
전화   02 323 2602
팩스   02 323 2603
등록   2016년 11월 18일 제25100-2016-000083호

ISBN 979-11-89128-41-8 [04810]
ISBN 979-11-89128-08-1 세트 [04810]